Voor Anna
M.

Oorspronkelijke uitgever Albin Michel Jeunesse
Oorspronkelijke titel *J'aime*
Illustraties Nathalie Fortier
Uit het Frans vertaald door Sylvia Vanden Heede

© Albin Michel Jeunesse, Parijs, 2003
© Nederlandse vertaling, Uitgeverij Lannoo nv, Tielt, 2004

D/2004/45/317 - ISBN 90 209 72 0- NUR 274
Printed in France by Pollina - n° L93983e

Minne / Natali Fortier

WAAR ik VAN HOU...

lannoo

Ik hou van school als
de bel gaat en mama komt.

Ik hou van mijn jurk die rondzwiert als ik dans.

IK HOU VAN het scheerschuim op papa's gezicht. Ik zou er met mijn vinger een likje van willen nemen.

Ik hou van de grote voeten van papa
waarmee hij met mij door de kamer stapt.

Ik hou van verjaardagskaarsjes.
Vooral als ik ze een tweede keer
aansteek om ze nog eens uit te blazen.

Ik hou ervan als een meneer die mama niet kent, me groet op straat. En als mama dan verbaasd vraagt: 'Ken jij die man? Is dat iemand van jouw school?'

Ik Hou ervan met mijn neus een hart
te tekenen op een beslagen ruit.

Ik hou van de eerste lentedagen
als mama vraagt: 'Zullen we buiten
eten?' We dekken de tafel in de tuin.
We eten aardbeien en radijsjes.

IK HOU VAN het tikken van de regen
op mijn rode paraplu.

Ik hou van vechten met mijn broer.
Hij vraagt: 'Zullen we lekker vechten?'
En ik zeg: 'Goed. Maar niet knijpen, niet
bijten, niet aan mijn vlechten trekken.'
Ik hou van vechten als we nog niet
begonnen zijn.

IK HOU ERVAN dat mama me
meet en zegt: 'Niet te geloven!
Weet je zeker dat je niet op je
tenen staat? Je bent alweer
gegroeid!'

Ik hou van tandenpoetsen met mijn broer. We doen wie het verste kan spugen.

Ik hou van schrijven naar papa en mama als ik bij oma ben. Ik schrijf dan: 'Vandaag vond ik het leuk dat ik lang op mocht blijven. Er was een griezelfilm op teevee. Kinderen mogen er eigenlijk niet naar kijken. Oma is vergeten te vragen of ik mijn tanden wel heb gepoetst.'

Ik hou van poedersuiker op mijn boter-
ham als ik naast Sara Gale zit. Ik hou niet
van Sara Gale. Ik blaas de suiker in haar
gezicht en doe of het per ongeluk was.

Ik hou van pannenkoeken
bakken. Papa gooit een pannen-
koek omhoog en ik vang hem op
mijn hoofd.

Ik hou van wat gisteren gebeurde.
Ik vroeg aan een vriendin van mama: 'Heb jij
een man?' Ze zei: 'Natuurlijk! Jij niet, dan?'
Daar moest ik erg om lachen. Ik zei: 'Ik ben
te klein om te trouwen.' Toen vroeg mama's
vriendin: 'Zijn er dan geen kleine mannen?'
Dat was grappig.

Ik hou van wat mama zegt als ik Nini,
onze hond, wil meenemen naar school. Ze
zegt: 'Dat kan niet. Nini moet naar de honden-
school.' En ik vraag: 'Wat leert Nini daar dan?'
En zij zegt: 'Ze leert netjes Nederlands blaffen.
En doe nu niet of je dat niet weet.'

Ik HOU VaN hutten bouwen in de tuin. Als de hut af is, doe ik de deur op slot. Ik roep: 'Dit is mijn huis! Jij mag er niet in!'

Ik hou van foto's bekijken
met oma. Het zijn foto's van
toen mama klein was. Oma
zegt: 'Het is ongelofelijk hoe
sterk jij op haar lijkt. Je mama
was haast net zo lief als jij.'

Ik hou van snuffelen aan mijn knuffel.
Hij ruikt naar appel, zoethout, zeep,
rozen, het parfum van mama, de soep van
gisteren, rijst, geroosterd brood, boenwas,
de natte vacht van mijn hond Nini... Maar
vooral ruikt mijn knuffel naar het warme
hol onder mijn dekens in het holst van de
nacht.

Ik hou van bezoekjes aan tante Zaza.
Ze zegt: 'Kinderen, vandaag is het vieze-
woordjesdag. In elke zin moet je een vies
woord gebruiken. Bijvoorbeeld: "Tante Zaza
kaka, mogen wij een koekje, pies?"'

Ik hou van de witte strepen van het zebrapad. Ik steek de straat over zonder één voet op het zwart te zetten.

Ik hou van de dag waarop we op vakantie gaan. Papa zet de koffers in de auto. We zijn in pyjama, want we rijden 's nachts en slapen op de achterbank. En weet je waar ik ook van hou? We hebben afscheid genomen van de buurman en de voordeur dichtgedaan. We hebben al een kilometer of tien gereden. Op dat moment vraagt papa: 'Zijn we echt niets vergeten?' We rijden nog een eindje door. Plots roept mama uit: 'De sleutels! De sleutels van het vakantiehuisje!' Papa doet of hij niets heeft gehoord en geeft wat meer gas. Mama gilt: 'Stop! Stop dan toch!' Dan pas haalt papa de sleutels uit zijn broekzak en zegt: 'Gelukkig is er nog iemand in dit gezin die aan die dingen denkt.' En mama zucht: 'Wat zou ik toch zonder jou moeten beginnen, schat.'

Ik hou van krabben aan het korstje van een wondje dat al bijna genezen is.

Ik hou van het zachte
T-shirt van mama omdat het
naar mama ruikt.

Ik hou ervan mama een week lang elke avond hetzelfde verhaal te laten voorlezen. Na een week verstop ik het boek. Ik zeg: 'Je kunt dat verhaal toch niet navertellen!' En dat is ook zo. Mama weet nooit hoe ze moet beginnen. En dus help ik haar. Want ik, ik ken dat verhaal uit het hoofd.

Ik hou van de geur van geroosterd brood bij het ontbijt.

Ik hou ervan een boontje te laten
kiemen op een dotje natte watten.

Ik hou ervan op
mama's hoge hakken
door het huis te stappen.

Ik hou ervan blaadjes uit een madeliefje te
trekken. Ik denk: Ik hou van je... een beetje...
veel... hartstochtelijk... helemaal niet. Als het
laatste blaadje zegt 'helemaal niet', denk ik aan
mijn buurjongen. Als het laatste blaadje zegt 'veel',
denk ik aan mijn neef. Als het laatste blaadje zegt
'hartstochtelijk', denk ik aan een jongen die ik
nu nog niet ken.

Ik Hou ervan onderweg alles te lezen wat op borden en affiches staat. Ik hou van woorden. Ik hou vooral van het woord 'cacao'. Dat zou ik wel duizend keer kunnen schrijven.

Ik hou ervan mijn naam te schrijven
op de eerste bladzijde van een nieuw schrift.

Ik hou van wat jij soms zegt als ik zeg dat we morgen naar school moeten. Jij zegt dan: 'Misschien moeten we morgen niet naar school. Misschien gaat het sneeuwen. Misschien gaat het zo hard sneeuwen dat we de deur niet uit kunnen. Misschien moeten we een tunnel graven van wel een kilometer lang. En dat duurt lang, tunnels graven. Vooral als je geen schop hebt en je handen moet gebruiken. Vooral als je handen ijskoud worden omdat je geen wanten hebt.' Ik hou ervan dat je dat zegt, ook al is het bijna zomer.

Ik HOU VAN schelpen rapen op het strand. En dat jij dan zegt: 'Ik was de baas van de slakkenhuisjes. En jij was de koningin met de Chinese hoed.'

Ik hou ervan de haartjes te tellen op papa's borst, als hij in de zomer op het strand ligt te zonnen. Het zijn er zoveel, dat ik ze nog nooit allemaal heb geteld.

Ik hou van de zee als het eb is. Het water zuigt het zand onder mijn tenen weg. Bij mijn voeten zijn er kleine draaikolkjes.

Ik hou van het grasveld achter
oma's huis. Dat gaat bergaf en ik rol
graag naar beneden. Op een keer zijn
mijn broer en ik samen naar beneden
gerold, in elkaars armen. Daar hou ik
nog veel meer van.

Ik hou van mijn Barbiepoppen. Ik heb er veertien. Soms speel ik bioscoopje met hen. Ik neem ze mee naar de logeerkamer. Daar zijn de gordijnen altijd dicht. Ik zet mijn poppen in twee rijen van zeven tegen de witte muur. Dan vertel ik een film.

Ik hou ervan mijn
lippen te stiften met de
lipstick van mama.

Ik hou van staren naar
de wrat van het schoolhoofd.
Het is een behaarde wrat net
tussen zijn ogen.

IK HOU ERVAN aan oma te vragen:
'Vertel nog eens dat verhaal.' Oma doet
alsof ze het niet snapt. Ze vraagt: 'Welk
verhaal?' En ik zeg: 'Het verhaal van
mama.' 'Het verhaal van mama?' 'Ja,
van toen ze klein was en zoekraakte in
de supermarkt. En jij zocht haar overal
en je vond haar bij het fruit. Ze speelde
winkeltje en woog kersen af voor de
klanten.'

Ik hou van het hamertje waarmee de
dokter op mijn knieën tikt. En dat mijn been
dan vanzelf schopt, helemaal alleen.

Ik hou ervan mijn hand door het raam te steken als we heel hard rijden. Ik voel de kracht van de wind.

Ik hou ervan 'ik hou van mama' te schrijven. Voor elk woord gebruik ik een andere kleur.

Ik hou ervan mijn haren achter mijn oren te strijken, zodat iedereen de oorbellen kan zien die ik van tante Zaza heb gekregen.

Ik Hou VAN sneeuw. Ik hou van sneeuw-
mannen maken met kleine stokjes als haar,
en met een pijp en een bril. Ik hou van de
sneeuwman die ik gemaakt heb. Ik hou
ervan dat jij zegt: 'Zullen we een goede
sneeuwvrouw voor hem maken, zodat hij
zich niet verveelt?'

Ik hou ervan dat mama
mijn haar in twee vlechten doet.
En dat jij dan vindt dat ik op een
indianenmeisje lijk.

Ik hou van de foto van mijn hond Nini in mijn boekentas. Af en toe kijk ik er stiekem naar tijdens de les.

Ik Hou ervan dat mama
veel brieven schrijft, en dan
aan mij vraagt of ik de postzegels wil plakken.

Ik hou ervan met Margot hard voorbij de kruidenier te rennen. We roepen: 'De winkelierster is een heks!'

Ik Hou van kijken in mijn postzegelalbum.
Ik verzamel postzegels van vogels. Mama heeft
een keer een brief gekregen met een mooie
pelikaan erop. We hebben de postzegel los-
geweekt boven de stoom van de fluitketel.
Toen hebben we hem in mijn album gestoken.

Ik hou van bolletjes rollen van een stukje brood. Dat doe ik als ik me verveel aan tafel.

IK HOU ERVAN als de vriend van
mijn broer bij ons thuis komt. En dat
hij iedereen een kus geeft, behalve
mij. En dat mijn moeder dan zegt:
'Ga je Emma overslaan, Lander?'
Ik hou ervan dat hij bloost.

Ik Hou ervan na het eten op mijn stoel te klimmen en te zeggen: 'Allemaal stil! Ik ga een gedichtje voordragen!'

IK HIELD VAN wat een keer gebeurde
toen ik een vreselijke nachtmerrie had.
Ik liep naar de kamer van papa en mama.
Ik zei: 'Ik wil bij jullie slapen.' Papa en
mama zeiden dat ik weer naar mijn
kamer moest. En dat zij bij mij in bed
zouden kruipen. Maar ze trokken elk
aan een eind van het donsdeken. Eerst
viel papa op de grond, en toen mama.
Ze moesten allebei heel hard lachen en
ik ook. Ze wilden weer in mijn bed,
maar ik wilde niet meer.

Ik hou van boterbloemen. Ik geef er een aan mijn vriendin, omdat zij van boter houdt.

Ik hou ervan mijn nagels te lakken in geel en blauw, net als de oppas. Ik ga zitten met de benen over elkaar en schommel zachtjes met mijn linkervoet.

Ik hou van een goed gesprek. Weet je nog die keer dat we in het stadspark zaten en we over dinosaurussen hebben gepraat? Daar hield ik van. Je had je gezicht moeten zien toen ik zei dat de dinosaurussen in hun winden waren gestikt. In hun eigen winden! Jij geloofde je oren niet. Je zei: 'Het is niet waar.' Ik zei dat het wel waar was. En dat ik je zou laten zien waar ik het gelezen had. Jij vroeg: 'Lieten de dinosaurussen dan zoveel winden?' Toen kregen we de slappe lach. Vlakbij waren een paar kleine kinderen aan het spelen. Ze keken naar ons alsof we echt al groot waren.

Ik hou van mensen tellen in
de metro. Ik tel alle mensen in mijn
wagon.

Ik hou ervan zachtjes over mijn oor te aaien en aan het lelletje te trekken.

Ik hou van de zondagavond als
mama zucht: 'Ik heb geen idee wat
ik zal koken.' En papa zegt dan: 'En
als we nu eens pannenkoeken aten?'
En wij herhalen: 'En als wij nu eens
pannenkoeken aten?'

IK HOU ERVAN al mijn
haarspeldjes tegelijk
te gebruiken als voor
een tentoonstelling.
Ik gebruik de speld met
de vlinder, de speld met
het lieveheersbeestje,
de speld met de drie
rode steentjes en ook de
drie kleine speldjes in
blauw, geel en groen.

Ik hou van verkleden.

Ik HOU VaN likken aan een lolly met een kauwgum in mijn mond. Het is moeilijk, want de lolly en de kauwgum mogen niet aan elkaar gaan plakken.

Ik hou van ziek zijn als ik bijna genezen ben. Mama zegt dan: 'Ik hou je nog een dagje thuis, voor de zekerheid.'

Ik hou van oude kauwgum die ik per toeval ergens terug-vind. Hij is helemaal hard en droog. Ik kauw net zo lang tot hij weer zacht is.